Sein Tod ist nie von Dauer

Unna Hvid

Sein Tod ist nie von Dauer

Eine gotische Erzählung aus Zeitz

Aus dem Dänischen
von Frank Gabel

© 2023 Unna Hvid

Originaltitel: „Hans død er aldrig permanent: en gotisk fortælling fra Zeitz", im November 2022 erschienen bei BoD.
Redaktion: UNID
Fotos und Umschlaggestaltung: Unna Hvid

© Übersetzung: Frank Gabel (2023)
Lektorat: Larina Lebenstedt

Verlag: BoD – Books on Demand, Hellerup, Danmark
Herstellung: BoD – Books on Demand, Norderstedt, Deutschland
ISBN: 9788743029618

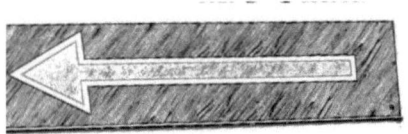

Das, wovon ich berichten möchte, liegt schon eine Weile zurück. Es hat gedauert, bis ich imstande war, anderen von meinem Erlebnis in Zeitz zu erzählen. Und ich bitte jetzt schon um Entschuldigung dafür, dass meine Schilderungen vielleicht immer noch zusammenhanglos wirken — und auch, dass ich meine Identität nicht preisgeben kann. Nach wie vor bin ich nicht ganz sicher, ob sich das, was ich durchgemacht habe, tatsächlich ereignet hat, oder ob es nur auf eine stressbedingte Psychose zurückzuführen ist, wie die Ärzte behaupten. Wie dem auch sei: Entweder trage ich die Schuld für den brutalen Tod einer jungen Frau oder aber ich laufe Gefahr, durch meinen Bericht den dämonischen Zorn auf mich herabzubeschwören, vor dem ich hoffte entkommen zu sein. Aber beginnen wir von vorn.

Vor zwei Jahren reiste ich nach Zeitz für einen einmonatigen Aufenthalt in einer neu eingerichteten Künstlerresidenz, die in einem heruntergekommenen und größtenteils menschenverlasse-nen Industrieviertel der Stadt liegt. Offizieller Grund für den Aufenthalt war die Fertigstellung einer wissenschaftlichen Arbeit. Eigentlich ging es aber mehr darum, *mal den Stecker zu ziehen*, wie meine Ärztin es ausdrückte, als sie mich warnte, dass ich ernsthaft erkranken könnte, wenn ich mich nicht eine Zeitlang von meiner Arbeit krankmelden würde.

Vorausgegangen waren einige Jahre mit steigen-dem Arbeitsdruck, sich verschlechternden Arbeits-bedingungen und nicht zuletzt einem unerträglich negativen Klima auf der Arbeit, das geprägt war von Lästereien, Konkurrenz um die wenigen Fest-anstellungen und gar von Fällen unverblümter Schikane zwischen Kollegen. Ich kann nicht zu sehr ins Detail gehen, aber ich war im Bereich Anthro-pologie und Religionsgeschichte tätig, und obwohl ich mein Fachgebiet liebte, hasste ich allmählich al-les, was sonst so mit meiner Arbeit verbunden war. Ich hatte nie wirklich versucht, etwas an meinen Arbeitsbedingungen zu ändern, sondern vergrub mich einfach in meinen eigenen Aufgaben und ver-suchte auf diese Weise, Kollegen und Vorgesetzten aus dem Weg zu gehen. Natürlich ist das keine

Dauerlösung. Langsam machte mir die Arbeit so stark zu schaffen, dass es sich körperlich und seelisch bemerkbar machte. Ich bat meine Ärztin, mir Tabletten zu verschreiben und mich an einen Physiotherapeuten zu überweisen. Sie sah mich eindringlich an und sagte, dass ich den Stecker ziehen müsste. *Melden Sie sich krank. Sie brauchen eine Auszeit. Denken Sie darüber nach, ob Sie so weitermachen wollen. Wie ich die Sache sehe, stehen Sie kurz vor einem Nervenzusammenbruch.* Das hatte Wirkung.

Aber trotzdem: drohender Zusammenbruch, Stress, psychische Verwundbarkeit — dafür war einfach kein Platz auf einer Arbeit, bei der letzten Endes nur Durchsetzungsvermögen und Ergebnisse zählten. Ich entschied mich also gegen eine Krankmeldung und für einen Kurzurlaub, in dem ich an meiner Arbeit weiterschreiben wollte. Das war etwas, was alle nachvollziehen konnten. Auch wenn die wenigsten selbst eine solche Auszeit genommen hätten, denn ein freier Platz — wenn auch nur vorübergehend — ließ hinter den Kulissen bereits viele mit den Füßen scharren. Wenn ich zurückblicke, war das, was geschehen ist, natürlich viel schlimmer, auch für meinen Ruf in der

Branche, als es eine Krankmeldung gewesen wäre. Damals hielt ich es aber für die richtige Entscheidung.

Ich reiste also nach Zeitz und verbrachte den April in dieser Stadt mit den vielen verlassenen Vierteln. Als ich wieder nach Hause kam, wurde ich in die geschlossene Psychiatrie eingewiesen. Anschließend war ich einige Monate in der offenen psychiatrischen Abteilung und wurde dann ambulant wegen posttraumatischer Belastungsstörung und Depressionen behandelt.

Was Du jetzt in Händen hältst, ist mein Bericht aus Zeitz. Er beruht auf Tagebucheinträgen, die ich dort gemacht habe, sowie auf meinem ersten Versuch, das Erlebte zu Papier zu bringen — ein Dreiviertel Jahr nach meiner Rückreise, als ich noch in psychiatrischer Behandlung war. Allein der Gedanke, meine Aufzeichnungen nun zu einer nachvollziehbaren Erzählung zusammenzufügen, erfüllt mich mit Unruhe und weckt ein Angstgefühl in mir. Vielleicht sollte ich einfach meinen Frieden mit dem machen, was die Ärzte sagen, nämlich dass alles, was ich in Zeitz erlebt habe, bloß Folge einer jahrelangen arbeitsbedingten psychischen

Überlastung war. Eine Überlastung, die während meines Aufenthalts in Zeitz in eine Psychose mündete. Das Böse, das ich in dieser Stadt gespürt und gesehen habe, war mit anderen Worten also nichts als Einbildung.

Ich bin jedoch nach wie vor überzeugt, dass in Zeitz etwas Böses zugegen ist — etwas, das dort schon seit vielen Jahren sein Unwesen treibt. Gewiss schon seit Jahrzehnten, möglicherweise sogar seit Jahrhunderten.

Aber urteile selbst.

A. K., im Frühjahr 2024

ZEITZ

Es war später Nachmittag, als der Zug in Zeitz einrollte. Die ganze Strecke lang ab Leipzig hatte starker Wind an den Wagons gerüttelt. In Zeitz wehte er noch heftiger und blies eisig über die leeren Bahnsteige. Schwere dunkle Wolken hingen über der Stadt. Ich eilte über den Bahnhofsvorplatz zu einem Taxi, überließ mein Gepäck dem Fahrer und setzte mich ins warme Auto. Als ich ihm die alte Nudelfabrik als Adresse nannte, fing er an zu mosern – mein Reiseziel lag offenbar ganz in der Nähe.

„Was wollen Sie denn dort? Da gibt es doch nur heruntergekommene Industrieanlagen!" Er rümpfte die Nase, während er uns durch Straßen fuhr, die von verlassenen Häusern mit eingeworfenen Fensterscheiben gesäumt waren.

„Ich werde hier eine Zeitlang wohnen", antwortete ich mit mehr Begeisterung als ich eigentlich fühlte.

„Aber die Häuser stehen doch alle leer. Sind Sie eine Art Besetzer, oder so?" Ich dachte kurz darüber nach, ob mein Auftreten eine solche Vermutung nahelegte.

„Nicht alle stehen leer. Es gibt dort eine neue Künstlerresidenz." Genau in dem Augenblick kamen wir in der Neuen Werkstraße 4 an.

„Da sehen Sie's", sagte der Fahrer, während wir an dem Gebäude entlangfuhren. Es war imposant, befand sich aber in schlechtem Zustand. „Das Gebäude steht leer. Sind Sie sicher, dass Sie hier raus möchten? Soll ich Sie nicht lieber zu einem netten Hotel fahren? Das hier ist kein guter Ort." Das Gebäude sah tatsächlich nicht besonders einladend aus. Ich bat den Fahrer trotzdem, mich abzusetzen. Auf einem handbemalten Holzschild stand: „Eingang Nudelfabrik". Der Fahrer holte Koffer und Tasche aus dem Kofferraum und stellte sie neben mir ab. Er warf mir noch einmal einen besorgten Blick zu, ehe er sich kopfschüttelnd zurück in sein warmes Taxi begab.

Als ich mich nach meinem Gepäck bückte, fegte ein kräftiger Windstoß Schmutz und Sand von der Treppe. Ich musste blinzeln, um den Sand aus den Augen zu bekommen, und dachte, dass ein sauberes Hotel und ein heißes Bad doch keine so schlechte Idee gewesen wären.

Plötzlich öffnete sich die Eingangstür, und ein großer Mann eilte die Treppe herab, um mir mein Gepäck abzunehmen. Er stellte sich als Mathias vor, Eigentümer der Künstlerresidenz Nudelfabrik. Ich folgte ihm die Treppe hinauf ins Gebäude. Er trug meinen Rollkoffer und meine Tasche durch die Gänge, als wären sie federleicht. Jedesmal, wenn wir zu einer Tür kamen, mahnte er mich, dass ich abschließen sollte, besonders nachts.

„Es ist schön geworden, aber wegen der Renovierungsarbeiten liegt noch überall Staub herum", sagte Mathias und schien dabei so gut gelaunt, dass man hätte meinen können, der Staub sei eine willkommene Deko. Vom Gemeinschaftsraum ging es hinaus auf den Hof. Mathias zeigte auf das einzige Haus, das nicht aus rotem Backstein war.

„Dort drüben ist eure Unterkunft. Na, dann wollen wir mal dein Zimmer suchen." Wir liefen über den Hof zu einem weißen Gebäude mit einer steilen Metalltreppe. Der Winde zischte durch die Stufen, das Geländer war eiskalt. Drinnen wimmelte es vor Leuten. Mathias stellte mich vor und ermutigte alle, Telefonnummern auszutauschen.

Zwischendurch erteilte er den Renovierungsarbei-
tern Anweisungen. Überall, wo wir entlanggingen,
lagen Staub, Werkzeug und Baumaterial.

Ich bekam ein großes Zimmer zugewiesen, das
auf einen Hinterhof hinausging. Hohe Decke, riesige Fenster und ein von Wand zu Wand reichen-
der Schreibtisch mit Blick nach draußen. Mir
huschte ein Lächeln übers Gesicht. Hier würde ich
mich bestimmt wohlfühlen. Mathias berichtete von
den Veranstaltungen, die am Abend für die Künst-
lergruppe geplant waren, und drückte mir einen
Bund Schlüssel in die Hand.

Ich blieb erst einmal auf meinem Zimmer und
ruhte mich aus. Nach einer Weile klopfte es. Vor
der Tür stand ein Mann in Arbeitskleidung, der
sich mir als Punky vorstellte. Der Name passte zu
ihm. Irokesenschnitt, blonde Dreadlocks bis in den
Nacken. Sein Gesicht war geradezu übersät mit
Piercings, und seine langen, schlaffen Ohrläppchen
hatten riesige Löcher — wahrscheinlich trug er
sonst Tunnelohrringe. Wenn das die richtige Be-
zeichnung für diese Art Ohrschmuck ist. Jedenfalls
kam mir das beim ersten Anblick in den Sinn.

„Hast du jetzt Zeit? Dann könnte ich dich herum-
führen und dir alles erklären, bevor ich nach Hause
gehe."

„Ja", antwortete ich — auch wenn ein Rundgang
gerade das Letzte war, wonach mir der Sinn stand.

Punky zeigte mir die verschiedenen Gebäude der
Nudelfabrik. In der Küche war es ziemlich kalt, im
Gemeinschaftsraum hingegen angenehm warm.
Überall sonst herrschte Eiseskälte. In den meisten
leerstehenden Räumen lag irgendwelcher Ramsch
oder Baumaterial herum, und der Wind pfiff durch
die kaputten Fensterscheiben. Als wir wieder im
Hof angekommen waren, zeigte Punky auf eines
der anderen Gebäude und sagte, dass darin früher
junge Leute gewohnt hatten, die zu DDR-Zeiten in
Pflegefamilien untergebracht waren. Als Volljäh-
rige mussten sie in eine eigene Wohnung ziehen
und hier in der Nudelfabrik waren sie fündig geworden. Erst später ging mir auf, dass es sich nicht
etwa um reguläre Wohnungen handelte, sondern
dass Punky von Hausbesetzern sprach — und
zwar so, als wäre es das Normalste von der Welt,
so ins Erwachsenenleben zu starten.

„Einer meiner Kumpels wohnte dort. Einmal, als
wir eine Feier im Gebäude hatten, nahm er mich

mit und zeigte mir sein altes Zimmer. Dort hing noch ein Selbstporträt, das er völlig high von sich gezeichnet hatte. Das kann man heute noch bestaunen." Dann deutete er auf ein weißes Gebäude: „Und das ist das Klinikum, ein Bau aus DDR-Zeiten. Alle Zimmer dort drin waren mal Arztpraxen. Nachts bin ich nie hier, aber du hast ja meine Nummer und kannst anrufen, wenn was ist. Aber nicht nachts," sagte er und machte sich in Windeseile vom Hof — nicht aber ohne mich noch einmal ermahnt zu haben, überall sämtliche Türen geschlossen zu halten.

Am Abend hatte Mathias die Gruppe zu einer Kunstausstellung mit anschließendem Dinner eingeladen. Das war die Gelegenheit, meine Mitbewohnerinnen und Mitbewohner etwas genauer unter die Lupe zu nehmen.

In der Gruppe gab es drei Künstlerinnen. Die eine war noch sehr jung und kam frisch von der Königlichen Kunsthochschule Stockholm. Sie hieß Lelia und war Klangkünstlerin. Eine hübsche Frau mit einem ansteckenden Lachen. Die Figur schlank, das Haar strohblond — so wie es abgesehen von kleinen Kindern nur Schweden haben. Ihre hellblauen Augen waren von langen Wimpern umrahmt. Sie hatte etwas Ätherisches, ja nahezu Zerbrechliches an sich. Obwohl sie lieber zuhörte als selbst zu erzählen, zog sie mit ihrem sanften Wesen und ihrem charakteristischen Lachen trotzdem alle Aufmerksamkeit auf sich. Gleichzeitig wirkte sie so zart und nachgiebig — wie wenn man einen Pinsel über nasses Aquarellpapier führt und die Farbe sich blitzschnell entlang der Papierfasern ausbreitet.

Die beiden anderen Frauen hießen Inga und Dawn. Beide waren Bildkünstlerinnen. An ihnen war ganz und gar nichts Zerbrechliches. Inga war in ihren 40ern, kam aus Bayern und hatte einen Akzent, an den ich mich erst gewöhnen musste. Dawn war um die 60, kam aus den USA, hatte aber viele Jahre in Deutschland gelebt. Beide hatten blondes Haar, das von ersten grauen Strähnen durchzogen war. Sie redeten viel, wie es manche Frauen in diesem Alter tun, wenn sie nach Selbstbestätigung suchen. Die beiden verband aber auch noch etwas anderes: Sie schwärmten sehr für Milo.

Mathias erhob sich. Er schlug mit dem Löffel gegen sein Glas und trug eine improvisierte Begrüßungsrede vor, die zwar ganz nett und witzig, aber auch schnell wieder vergessen war. Wie viele hochgewachsenen Männer strahlte er eine natürliche Autorität aus, für die er sich nicht sonderlich anstrengen musste. Er endete seine Ansprache mit dem Hinweis, dass er den ganzen Monat auf Reisen sein würde und wir uns daher umeinander kümmern und im Zweifel Milo oder Punky um Rat fragen müssten.

„Auch Milo ist Künstler. Er geht in der Nudelfabrik ein und aus. Er ist sehr engagiert in der Flüchtlingshilfe und hat deswegen oft alle Hände voll zu tun. Nicht wahr, Milo?" Milo nickte. „Ab und zu bringt er heimlich Flüchtlinge in die Nudelfabrik und gewährt ihnen hier vorübergehend Unterschlupf — und wir anderen tun so, als bekämen wir das nicht mit." Mathias lachte schallend und alle stimmten ein und erhoben ihr Glas zu einem gemeinschaftlichen Prost.

Milo beugte sich zu seinem Nachbarn und flüsterte ihm etwas auf Russisch zu. Das war Andrey, ein Künstler aus der Ukraine. Ein kräftiger Mann mit dunkler, gegerbter Haut, so wie man sie bekommt, wenn man sich bei Wind und Wetter draußen aufhält. Er saß teilnahmslos auf seinem Stuhl und sprach ausschließlich mit Milo, da er nur Ukrainisch und Russisch verstand. Milo stellte ihn uns vor und zeigte ein paar Fotos auf seinem Smartphone, die er von Andreys Kunst gemacht hatte: Große geschweißte Metallskulpturen und Fantasiewesen. Die Arbeiten waren prächtig. Sie spiegelten die Stärke wider, die von diesem Mann ausging, zeugten aber auch von einer erstaunlichen Leidenschaft, die man ihm — wie er so stumm neben dem wortgewandten Milo saß — nur schwer zutraute.

Ein weiterer stiller Gast war Carlos, ein junger Mann aus Peru, der an der Kunstakademie in Leipzig studierte. Er war nicht sonderlich groß, machte aber durch sein perfektes Lächeln und seine hellwachen Augen auf sich aufmerksam. Genau wie ich schien er gerne andere Leute zu beobachten.

Und schließlich war da Milo. Milo Veles. „Veles" wie der Name einer der sieben Gottheiten der slawischen Mythologie — das war mir sofort aufgefallen. Mathias hatte ihn als „Künstler aus der Ukraine" vorgestellt. Milo selbst sah sich eher als Deutsch-Russe. Das wurde deutlich, als wir über den Krieg in der Ukraine sprachen und Milo meinte, dass das, was die Welt als *russische*

Kriegsverbrechen bezeichnete, von den Ukrainern selbst inszeniert sei. Da wurde ich erstmals hellhörig.

Man konnte Milo durchaus als gut aussehenden Mann bezeichnen: groß, dunkle Haare, schlank und muskulös. Er war gut gekleidet, trug eine schwarze Wolljacke mit hohem Kragen und eine Brille mit getönten Gläsern, die ihm zusammen mit dem dunklen Stoppelbart einen modellähnlichen und zugleich ernsten Ausdruck verlieh. Wenn er sprach, tat er dies mit einer sympathischen Arroganz und der klaren Erwartung, dass man ihm auch zuhörte. Da es meistens er war, der das Wort führte, und er zudem keine Geduld hatte, die anderen Anwesenden länger ins Gespräch einzubeziehen, kam man sich vor, als sei man ein Zuschauer in seiner Show. Das war an für sich nicht weiter schlimm, denn Milo war viel gereist, belesen und kultiviert, ein wahrer Kosmopolit — es war also keineswegs langweilig, seinen Vorträgen zu lauschen. Von den Gesichtern der anderen konnte ich ablesen, dass sie es ähnlich empfanden. Besonders Dawn und Inga, die eifrig versuchten, am Gespräch teilzunehmen, aber auch Lelia, die Milo mit verliebtem Blick anstarrte.

Obwohl ich den Abend genoss, bekam ich irgendwann heftige Kopfschmerzen, sodass das grelle Licht im Raum unerträglich wurde. Mit halb geschlossenen Augen blickte ich zu Milo. Plötzlich war da nur noch ein großes schwarzes Loch, das sämtliches Licht und die ganze Energie im Raum in sich sog. Ich blinzelte.

„Bist du müde?", fragte Milo unerwartet einfühlsam und sah mich an. „Es war ja auch ein langer Tag. Soll ich dich heimbringen?" Aus irgendeinem Grund löste der Gedanke Entsetzen bei mir aus. Ich stotterte, dass ich den Abend nicht verderben wollte. Aber da schlossen sich die anderen auch schon an und sagten, dass es ein schöner Abend gewesen sei, es aber jetzt wirklich an der Zeit war, schlafen zu gehen.

Beim Einschlafen hörte ich, wie der Wind durch die undichten Fenster pfiff und der Holunderbusch von draußen an die Scheiben kratzte. In der Nacht träumte ich, dass eine große Schlange auf dem Fußboden umherkroch. Sie richtete sich vor mir auf und zischte mir kalte Luft ins Gesicht. Ich wurde wach. Meine Zimmertür stand sperrangelweit offen. Auch die Außentür gegenüber von meinem

Zimmer war offen und schlug unaufhörlich gegen das Treppengeländer. Der Sturm war stärker geworden und hatte offenbar die unverriegelte Außentür aufgestoßen. Durch den Luftzug hatte sich wohl auch meine Zimmertür geöffnet. Ich sprang aus dem Bett und schloss eilig beide Türen. Mein Herz pochte rasend schnell, wie von Panik ergriffen — eine Panik, die ich in meinem halbwachen Zustand nicht einzuordnen vermochte. Erst am frühen Morgen fiel ich wieder in einen leichten, unruhigen Schlaf.

DER KELLER

In den folgenden Tagen sahen wir uns nicht viel. Dawn, Inga und Carlos arbeiteten in ihrem großen Atelier in der Nudelfabrik, Andrey bekam man nur hier und da aus der Ferne zu sehen. Milo, der sein eigenes Atelier im zweiten Stock des Klinikums unterhielt, kam und ging. Wenn ich ihn traf, gab er sich stets nett und hilfsbereit. Das Gefühl von Unsicherheit, das ich ihm gegenüber verspürte, verließ mich aber nie ganz. Ich selbst blieb auf meinem Zimmer oder nahm einen Stadtbus und fuhr herum, um etwas anderes zu sehen als das verfallene und verlassene Viertel der Nudelfabrik.

Der Zeitzer Stadtkern mit seinen alten Gebäuden hat durchaus einen gewissen Charme. Im 6. Jahrhundert als slawische Siedlung gegründet, hatten später Bischöfe und Herzöge hier ihren Sitz. Im Laufe des 19. Jahrhunderts entwickelte sich Zeitz schließlich zu einer Industriestadt mit riesigem Bahnhof und vielen Betrieben.

Während des Zweiten Weltkrieges wurde in den benachbarten Ortschaften Rehmsdorf und Tröglitz das KZ-Außenlager Wille eingerichtet, das dem KZ Buchenwald unterstellt war. Aus Buchenwald wurden regelmäßig neue Häftlinge überstellt, die in der Braunkohle-Benzin-AG in Zeitz arbeiten mussten. Sie waren unter schrecklichen Bedingungen in kalten Baracken untergebracht, bekamen kaum Essen und mussten so hart arbeiten, dass sie rasch ausgelaugt waren und schließlich zurück nach Buchenwald geschickt wurden, wo sie elend starben. Von dort kamen dann wieder neue Häftlinge in das Arbeitslager bei Zeitz.

Nach dem Krieg fiel Zeitz als ostdeutsche Stadt in die sowjetische Einflusszone. Zu DDR-Zeiten blieb es ein lebendiger Industrieort mit Arbeitsplätzen und Arbeiterwohnungen. Nach der Wiedervereinigung setze jedoch ein rascher Niedergang ein. Die großen Betriebe zogen in größere Städte, andere Betriebe mussten schließen, weil sie dem Wettbewerb mit den westlichen Produkten nicht standhielten. Die Folgen waren Arbeitslosigkeit und Abwanderung in andere Teile Deutschlands oder ins

Ausland. Das Ergebnis sah man nun: eine teilweise menschenleere Stadt, stillgelegte Industriebetriebe, geschlossene Geschäfte, verwaiste Kirchen, verlassene Häuser und verfallende Wohnblocks. Eine Geisterstadt, allerdings mit einer hübschen und gepflegten Altstadt, die von glorreicheren Zeiten zeugte.

All das wirkte sich auf die Stimmung in Zeitz aus, die schlicht sonderbar war. Nicht wenige Besucher meinten, dass sich die Einwohner unfreundlich gaben und außerdem die ganze Gegend von einer gewissen Rückständigkeit geprägt war.

Wenn ich mich nicht gerade unter dem Vorwand, an meiner Abhandlung zu schreiben, auf meinem Zimmer aufhielt, oder die Stadtgeschichte durch ein Busfenster an mir vorbeiziehen ließ, ging ich auf Erkundungstour in der Nudelfabrik. Überall gab es interessante Hinterlassenschaften aus jener Zeit, in der hier Nudeln für die ostdeutsche Bevölkerung hergestellt wurden.

An einem Nachmittag führte mich mein Erkundungsspaziergang zum Keller unter dem Klinikum. Über das rot-weiße Plastikband, mit dem die Tür zur Kellertreppe abgeklebt war, und das „Kein

Zutritt"-Schild sah ich einfach hinweg. Als ich mich unten im Keller angelangt ein paar Schritte von der Treppe entfernt hatte, fegte ein Luftzug durch den Gang und die Kellertür knallte zu. Ich dachte mir nichts weiter dabei.

Ich ging von Raum zu Raum. Es roch nach Erde, und die vielen kleinen abgetrennten Verschläge erinnerten mich an ein Gefangenenverlies. Überall standen alte Kisten mit Ramsch aus jenen Tagen, als das Gebäude noch Arztpraxen beherbergte: veraltete medizinische Geräte, Büromöbel und ausgetrocknete Desinfektionsbehälter. Außerdem gab es Kisten mit alten Krankenakten. In einer Ecke stieß ich sogar auf eine Kiste mit alten Zeitungsausschnitten und etwas, das wie Aufzeichnungen über Forschungsversuche aussah. Diese waren älter als die medizinischen Unterlagen. Ich blätterte darin in der Erwartung, Zeichnungen von Ratten oder Mäusen zu finden, aber was ich fand, waren Zeichnungen von Menschen. Meine Hände begannen zu zittern. Alle Dokumente waren als vertraulich gekennzeichnet und außerdem mit einem SS-Stempel versehen. Ich legte die Forschungsberichte in meine Tasche und stöberte weiter in der Kiste mit den Zeitungsausschnitten. *Wer hatte diese Ausschnitte gesammelt und warum*?

Auf einmal blies ein kalter Wind durch den Raum. Ich schaute auf, aber alles war ganz still. Ich blätterte ein paar Seiten bis zu der Stelle zurück, die meine Aufmerksamkeit auf sich gezogen und mir einen kalten Schauer über den Rücken gejagt hatte: ein Foto von zwei uniformierten Männern und einer Frau vor dem Eingang zu einem braunen Gebäude. Über dem Eingang stand *Jedem das Seine*. Mein Blick blieb an dem Mann ganz vorn auf dem Foto hängen. Er war groß, dunkelhaarig, hatte einen schmalen Schnurrbart und trug eine Brille mit dunklen Gläsern. Er sah aus wie ein Filmstar aus den 1940er-Jahren. Mir wurde eiskalt und meine Zähne begannen zu klappern. Er sah aus wie Milo. Es *war* Milo! Aber in der Bildunterschrift stand: *Lagerkommandant Hermann Pister, Lagerarzt Hans Eisele und Ilse Koch, Witwe des früheren Lagerkommandanten Karl Otto Koch, Buchenwald 1944.*

Ich überflog den Artikel, der von Mai 1944 war und von bahnbrechenden medizinischen Versuchen unter Lagerkommandant Pister und Chefarzt Eisele handelte. Die Häftlinge wurden Versuchen mit Giftinjektionen und Impfstoffen gegen

Tuberkulose und andere Krankheiten unterzogen. Viele starben bei den Versuchen oder infizierten sich mit Fleckfieber, was Epidemien auslöste. Die Lagerärzte zeigten sich dennoch optimistisch — die medizinischen Versuche würden schon noch die gewünschten Ergebnisse liefern. Außerdem testete man an den Gefangenen die Auswirkungen von Brandbomben.

Ich hielt die Kälte im Keller nicht mehr aus und wollte zurück in mein warmes Zimmer. Ich stopfte schnell alle Zeitungsausschnitte in meine Tasche zu den anderen Dokumenten und machte mich auf Richtung Ausgang. Bei den Kisten mit den neueren Krankenakten aus der Klinikum-Zeit blieb ich kurz stehen und packte auch davon eine Handvoll in meine Tasche.

Plötzlich überkam mich das Gefühl, dass ich nicht allein im Keller war. Ich sah mich um und erblickte einen grauen Mann am anderen Ende des Kellers. Er stand da und sah zu mir herüber. Dann drehte er sich um und verschwand. Mit ihm verschwand auch das Licht. Ich hatte mir grob gemerkt, wo die Lichtschalter waren, und ging mit rasendem Herzen und vorsichtigen Schritten darauf zu. Ich tastete an der kalten und feuchten Wand entlang. Da spürte ich etwas an meinem Bein und schrie auf, aber als ich danach trat, war da nichts. Endlich fand ich den Schalter und legte ihn um. Nichts geschah.

„Hallo", rief ich. „Sie haben das Licht ausgemacht! Ist da jemand? Können Sie es bitte wieder anmachen?" Meine Stimme begann zu zittern. Ich war immer noch sicher, dass da ein Mann in den Kellerräumen war, wahrscheinlich einer der Bauarbeiter. Ich wiederholte meine Frage — zur Sicherheit auch auf Englisch, es kam aber keine Antwort.

Mit der Tasche in der einen Hand und der anderen Hand tastend nach vorn gestreckt bewegte ich mich langsam in die Richtung, in der ich den nächsten Lichtschalter vermutete. Es war stockfinster. Ich hatte Angst, die Orientierung zu verlieren, war aber ziemlich sicher, dass ich auf dem Weg zum Ausgang war. *Dort, wo der Mann stand*, sagte ich zu mir selbst und ermahnte mich, mich zusammenzureißen und nicht panisch zu werden. Ich erreichte die nächste Wand und tastete nach dem Schalter. Auch dieser war defekt. *Wie lange war ich schon im Keller? War es so spät, dass die Arbeiter Feierabend gemacht und den Hauptschalter umgelegt hatten?*

Jetzt spürte ich wieder etwas an meinen Füßen und als ich einen Schritt zurückging, trat ich auf etwas. Etwas Lebendiges. Ich spürte, wie es sich unter meinen Fuß schlängelte, hörte, wie es zischte. Ich rannte los, rempelte gegen Kisten und gegen eine Wand. Ich war ein Stück weit in den nächsten Raum gelangt, als ich über etwas stürzte und auf dem Bauch landete. Ich schrie auf und dann — da bin ich ganz sicher — hörte ich jemanden lachen. Jetzt übermannte mich die Panik. Ich schrie aus vollem Hals, während ich im Dunkeln herumirrte und nach der Treppe und dem Ausgang suchte. Aber entweder war ich im falschen Raum oder die Treppe war verschwunden. Die Dunkelheit begann, sich um mich herum zu drehen, mir wurde schwindelig. Schließlich sackte ich zusammen. Mein letzter Gedanke war, dass ich niemals aus diesem Keller herauskommen würde.

Als ich aufwachte, war überall im Keller Licht. Ich lag direkt vor der Treppe. Ich setzte mich auf und fasste mir benommen an den Kopf. Es fühlte sich an, als hätte ich einen schrecklichen Kater. Ich musste mich wieder einen Augenblick hinlegen, ehe ich mich ganz aufrichten und aufstehen konnte. Unter der Treppe lagen einige der Krankenakten, die ich vor meinem Kollaps in meine Tasche gepackt hatte. Ich tastete am Boden nach meiner Tasche. Sie war weg. Ich fasste unter die Treppe und raffte die Dokumente zusammen, die dort lagen. Vielleicht waren sie aus der Tasche gerutscht, als ich hingefallen war. Ich stand auf, schob die Papiere unter meinen Pulli und suchte weiter nach meiner Tasche, auch in den anderen Kellerräumen. Aber sie war nirgends zu finden. Auch die Kisten mit den Akten und alle anderen Papiere waren nicht mehr da. Alles weg. Ich wollte keine Sekunde länger in diesem Keller bleiben, lief zum Ausgang und dann die Treppe hoch. Die Tür war abgesperrt. Wieder bekam ich Panik und trommelte um Hilfe schreiend mit den Fäusten gegen die Tür. Es dauerte nicht lange, da wurde die Tür von außen geöffnet. Punky stand da. Er wirkte erschrocken.

„Wie lange warst du da drin? Die Tür war doch gar nicht abgeschlossen! Bist du ok?" Ich hatte keine Kraft, ihm zu antworten, sondern ging einfach schnell durch den Gang zu meinem Zimmer, wo ich mich aufs Bett fallen ließ und laut in mein Kissen heulte.

MNEMOSYNE

Am Tag nach meinem Abenteuer im Keller blieb ich auf meinem Zimmer. Genauer gesagt blieb ich im Bett. Ich fühlte mich unwohl, halb krank und hatte Angst, gleichzeitig war mir das Ganze aber auch peinlich und ich war wütend auf mich selbst. Sicher wussten mittlerweile alle, dass ich hinter einer unverschlossenen Kellertür gestanden und um Hilfe geschrien hatte. Außerdem war ich unsicher, was wirklich passiert war: *Hatte ich wirklich Dokumente gesehen? Einen grauen Mann? Oder hatte ich vielleicht eine Art Nervenzusammenbruch gehabt?* Meine Ärztin hatte mich ja davor gewarnt. Das einzig Greifbare waren die Dokumente, die ich unter meinen Pulli gepackt hatte, und zwei kleine Wunden an meinem Knöchel. *Was hatte mich da gebissen? Theoretisch hätte es ein Insekt gewesen sein können. Vielleicht eine große Spinne? Oder eine Ratte? Ratten machten doch auch zischende Laute, oder?*

Nach einem Tag zwang ich mich aus dem Bett. *Aufstehen, anziehen, anfangen!* Das hatte ich so oft zu mir gesagt, wenn sich sonst alles in meinem Körper gegen den bevorstehenden Arbeitstag gesträubt hatte. Ich stattete Carlos, Inga und Dawn einen Besuch in ihrem Atelier ab. Sie wirkten froh mich zu sehen, zeigten Verständnis für meine Unpässlichkeit am Vortag und wussten zweifelsohne alles über meinen Auftritt vor der unverschlossenen Kellertür. Sie verloren aber kein Wort darüber.

Ich war sowohl erleichtert als auch etwas irritiert. Sie saßen da und malten ihre fröhlichen Malereien mit Frühjahrssonne und abstrakten Motiven der sozialistischen Arbeiterkunst. Unwissend oder unberührt davon, dass direkt vor den Stadttoren einst ein Zwangsarbeitslager gelegen hatte, in dem Menschen wie die Fliegen gestorben waren, während sie für die Betriebe der Stadt geschuftet hatten. Genauso unberührt müssen die Menschen damals gewesen sein. Unwissend, dass genau hier in unseren Zimmern vielleicht Ärzte ihre Praxis gehabt hatten, die zuvor in Buchenwald an den Gefangenen grausame medizinische Versuche mit Giftspritzen und Brandbomben durchgeführt hatten. Ärzte, die dann ihre Arbeit fortsetzten, als wäre nichts gewesen. Wie waren die Dokumente im Keller denn sonst zu verstehen? *Welche Dokumente*, fragte ich mich sofort selbst. *Wenn es überhaupt Dokumente gab und es nicht bloß etwas war, was ich geträumt oder mir in meinem paranoiden, labilen Geisteszustand eingebildet hatte.* Ich hasste es, meine mentalen Fähigkeiten anzuzweifeln. Sie waren immer meine Stärke gewesen. Immer zuverlässig. Im Gegensatz zu meinen Gefühlen, auf die kein Verlass war.

„War jemand von euch schon einmal im Keller unter dem Klinikum?", fragte ich die anderen — und versuchte dabei möglichst beiläufig zu klingen.

„Nee", sagte Carlos, „ich wusste nicht einmal, dass es hier einen Keller gibt."

„Ich schon!", antwortete Dawn. „Da unten ist ein Haufen vermoderter Ramsch. Ich bin schnell wieder hochgekommen. Ist ziemlich unheimlich da unten." Ihr mitfühlender Blick tat weh.

„Hast du da unten Dokumente gesehen?", fragte ich. Inga blickte neugierig auf, während Dawn entgegnete: „Dokumente? Was für Dokumente?"

„Ja, also, alte Krankenakten, Forschungsunterlagen, solche Sachen."

„Forschungsunterlagen? Nein, so was habe ich nicht gesehen. Und in alten Krankenakten zu blättern wäre ja auch nicht ganz korrekt, oder? Aber wie gesagt, so was habe ich dort nicht gesehen." Sie zuckte mit den Schultern und lächelte mir zu. Dann richtete sie ihre Aufmerksamkeit wieder auf ihr Bild.

Ich trank meinen Kaffee und als ich dabei so zu den dreien hinübersah, die sich nun wieder in ihre Kunst vertieft hatten, musste ich an das Drei-Affen-Motiv denken: nichts sehen, nichts hören, nichts sagen. Eine edle Morallehre, aber wenn niemand das Böse sieht, es nicht hören und schon gar nicht davon reden will, wird es durch dieses bewusste Ignorieren nicht noch größer? Ist nicht gerade das der Grund dafür, dass ein KZ-Lager errichtet und sogar die lokale Bevölkerung auf Besuch eingeladen werden konnte, die aber nur die Tierchen im Privatzoo des Lagerverwalters sah, während sich links und rechts die toten Häftlinge auf Wagen stapelten und darauf warteten, in den Krematorien verbrannt zu werden?

Ich stand auf und ging zum Ausgang. Mit einem *tschüss*, das möglichst munter klingen sollte, verließ ich das Atelier.

„Tschüss", riefen mir die anderen gut gelaunt hinterher.

Beim Mittagessen erzählte Lelia, dass sie am Wochenende eine Klangperformance vorstellen würde, eine Skulptursituation mit dem Titel *Mnemosyne*. Wir waren alle eingeladen. „Ist doch klar!", sagte sie mit ihrem unverkennbaren Lachen.

Milo fügte hinzu, dass er viele Gäste aus dem Zeitzer und Leipziger Künstlermilieu eingeladen habe. Er hatte ein breites Lächeln auf den Lippen. In mir breitete sich Unruhe aus. Ich sah von Milo zu Lelia und wieder zurück. Die Verbindung war glasklar. *Konnte nur ich sie sehen? Woher kam meine Unruhe?* Sie schoss wie Lava durch meine Adern und jagte mir Schweißperlen auf die Stirn.

Plötzlich drehte sich Milo zu mir um und sah mich mit einem schiefen Lächeln an. Ich weiß nicht, was da war in seinem Blick, aber es ließ mich vor Schreck erstarren. Dann fingen meine Hände an zu zittern und meine Gabel fiel zu Boden. Die anderen sahen mich wieder mitleidig an. *War ich jetzt der leicht schräge Gast? Der Sonderling?* Ich zwang mich, Milo wieder anzuschauen und sah ihm geradewegs in die Augen. Aber sein Blick war ganz leer.

Vollkommen tot. Ich blickte wieder zu den anderen. Keiner von ihnen hatte das Gleiche gesehen wie ich. Keiner sah die Verbindung zwischen Lelia und Milo, keiner sah, dass mit Milo etwas nicht stimmte. Wieder kam dieses Schamgefühl in mir hoch. Wenn das nun mein endgültiger Zusammenbruch werden sollte, der mich vollends in die Knie zwingen und mich in die Geschlossene bringen würde, dann besser hier als zu Hause. Das war mein einziger Trost. Manchmal sehnte ich mich geradezu nach einem weißen Raum, einem frisch bezogenen weißen Bett, der weißen Stille und einer Glocke, die ich läuten konnte, wenn ich Hunger hatte. *Du weißt doch nicht einmal, wie eine Psychiatrie aussieht, du Schwachkopf! Da liegen bestimmt acht Personen in einem Zimmer, das eigentlich für eine Person bestimmt ist. Und keiner kommt, wenn man läutet.* Die Stimme in meinem Kopf sprach nun streng zu mir. Sie klang auch gar nicht mehr wie meine eigene Stimme, sondern mehr wie die von Milo.

„Weißt du eigentlich, dass dein Nachname Veles auch der Name von einem der sieben slawischen Götter ist?", hörte ich mich auf einmal zu Milo mit einer Stimme sagen, die ich als meine erkannte, obgleich sie einen herausfordernderen Klang hatte als gewöhnlich.

„Na klar", sagte Milo mit einem abweisenden Lächeln.

„Echt? Erzähl!", drängte Lelia mit einem bezaubernden Gesichtsausdruck — und sah mich an.

„Ja, lass hören!", stimmten Dawn und Carlos ein.

„Veles ist der schwarze Gott," fing ich an und blickte rasch zu Milo, der einfach dasaß und überlegen vor sich hin lächelte. „Er ist einer der Hauptgötter in der slawischen Mythologie und kann unterschiedliche Formen annehmen. Oft tritt er als Schlange auf und schlängelt sich den heiligen Baum empor zu Peruns Reich. Dort kommt es jedes Jahr zu einem Kampf auf Leben und Tod zwischen dem Donnergott Perun und der Schlange Veles. Veles gilt als Trickster-Gott, wie Loki in der nordischen Mythologie. Und als schwarzer Gott wird er mit Magie in Verbindung gebracht und eben oft als Schlange oder auch als Drache dargestellt."

„Vielleicht ist *er* das auf dem Stadtwappen von Zeitz", lachte Inga, und der ganze Tisch lachte mit, auch ich, denn dieser Gedanke war mir ebenfalls gekommen:

„Auf dem Stadtwappen ist Sankt Michael abgebildet, der Drachentöter. Aber dahinter könnte durchaus eine altslawische Erzählung vom Donnerkampf zwischen Perun und Veles stecken. Schließlich hat die Stadt ihre Ursprünge in einer slawischen Siedlung und trug den slawischen Namen *Cici* auch noch lange, nachdem germanische Stämme die Stadt eingenommen hatten." Lelia sah mich mit einem Blick an, aus dem — meinte ich — Bewunderung sprach. Ich fuhr fort: „Cici war der Name einer slawischen Fruchtbarkeitsgöttin. Und der Name ist gewissermaßen bis heute geblieben. Zeitz ist nur die germanische Variante von Cici."

Der ganze Tisch schaute zu mir. Die Unruhe und der Schrecken, die ich noch vor einem Augenblick wegen Milo verspürt hatte, waren verflogen. „Vor allem aber ist Veles unsterblich. Sein Tod durch Peruns Lanze ist nie von Dauer." Mit Genugtuung nahm ich die großen Augen am Tisch zur Kenntnis.

„Veles ist auch der Schutzgott der Geschichtenerzähler und der Dichtkunst. Das solltest du nicht vergessen", sagte Milo auf einmal und sah mich böse an. Dann sprang er mit einem Satz auf und verließ den Tisch. Lelia lief ihm hinterher, was anscheinend nur mir als sonderbar auffiel.

Dawn zuckte mit den Achseln, legte ihre Hand auf meine und tätschelte sie leicht:

„Mach dir keine Gedanken. Der beruhigt sich wieder. Milo ist Milo. Immer so dramatisch! Das muss das Russische in ihm sein."

Als ich in jener Nacht in die Küche ging, um Wasser zu holen, hörte ich ein schwaches Klopfen an der Glastür im Flur. Ich war allein im Fabriksgebäude, deswegen war ich beunruhigt. Trotzdem ging ich auf den Flur, um mich umzusehen. Draußen vor der Glastür stand eine große Frau mit langem schwarzem Haar. Sie trug einen weißen Wollmantel, darunter weiße Lederjeans und weiße Stiefel. Ich ging näher heran. Es war niemand, den ich kannte. Sie war hübsch. Sie war — wie soll ich es beschreiben — sie war *lebendig*. Selbst durch die Tür schienen ihre Augen strahlend grün und ihre Gesichtszüge wirkten wie in weißen Marmor gemeißelt. Sie lächelte nicht, sondern sah mich einfach neugierig an. Dann zog sie eine Hand aus der Jackentasche und deutete auf den Türgriff, ohne ihren Blick von mir abzuwenden. Ich schloss die Türe auf und öffnete. Sie stellte sich vor mich und für einen langen, schwindelerregenden Augenblick küsste sie mich sanft auf den Mund — und weckte mich.

***

Lelia stand inmitten eines Lichtkreises, der als Podium diente. Sie hielt ihre Arme dicht vor der Brust. Ihr Nacken war gebeugt, sodass ihr kreideweißes, gewelltes Haar wie ein Vorhang vor ihrem Gesicht hing. In dieser Position fing sie an Laute zu machen. Zunächst klang es ganz weich und sanft, wie Luftblasen, die an einem Sommertag in einem Bach aufsteigen. Sie breitete ihre Arme aus und es kamen zwei große weiße Schmetterlingsflügel zum Vorschein. An den Rändern waren sie schwarz und oben saß jeweils ein großer schwarzer Punkt. Die Flügel waren an ihren Armen befestigt, und wenn sie diese bewegte, straffte sich der seidenähnliche Stoff und glänzte im Licht. Am Körper trug sie schwarz. Sie variierte die Laute und gab ihnen so Form. Hell, sanft und rein wie läutende Glöckchen. Über den Lauten und der Schmetterlingsskulptur lag eine Zärtlichkeit, die mich entspannen ließ. Ich blickte zu den anderen, die mit einem Lächeln auf den Lippen aufmerksam zusahen. Besonders aufmerksam war Milo. Mit leicht geöffnetem Mund hielt er sie mit seinem Blick fest. Mein Gefühl von Leichtigkeit wich einer Gänsehaut.

Genau in diesem Augenblick änderten sich Lelias sanfte Laute und elegante Bewegungen. Sie schlug nun so heftig mit den Flügeln, dass helle Stoffschuppen um sie wirbelten. Ihre Stimme war dunkel und mächtig geworden, um dann aber wieder höher zu werden und zu einem heulenden durchdringenden Laut anzusteigen, der unerträglich war. Sie spannte die Flügel ganz aus und drehte sich um sich selbst, während der Laut zu voller Stärke anschwoll, zu einem explosionsartigen Dröhnen und Brüllen. Dann wandelte sich der Laut zu einem monotonen mächtigen und tiefen Klang. Die Schmetterlingsflügel hatten jetzt fast sämtliche Stoffschuppen eingebüßt — sie waren ganz transparent geworden und mir war, als könnte ich auch durch Lelia hindurchsehen. Sie beugte sich knurrend vor und schaute uns dabei direkt an. Ich blickte zu Milo. Er war bis zur Kante seines Stuhls vorgerückt und starrte sie mit einem Ausdruck an, der sich nur mit *hungrig* beschreiben lässt. Mich überfiel der Gedanke, dass Lelia jetzt in Gefahr war. Ich sah zu den anderen, aber auf ihren

Gesichtern spiegelte sich nur Bewunderung für die junge Künstlerin wider.

Lelia sank auf die Knie, ihre schweren Flügel zur Seite abgespreizt. Ihre Stimme klang nun rau und gebrochen. Langsam ging ihr Ton in ein monotones Klagen über, ehe er schließlich erlosch, wie auch das Leben des Schmetterlings.

Zunächst herrschte Stille im Saal, dann erhob sich Milo und klatschte Beifall und wir anderen fielen ein und applaudierten nach Kräften zusammen mit den restlichen geladenen Gästen. Viele hatten nasse Wangen und lächelten berührt. Es war ein emotionsgeladener Moment. Es hing aber auch noch etwas anderes in der Luft, das uns wie eine Nebelschwade umschloss. *Konnte wirklich nur ich es sehen? Konnte nur ich es spüren?*

EIN ORT DES BÖSEN

Ich hatte die Krankenakten aus dem Keller unter meiner Matratze versteckt. An einem Vormittag holte ich sie hervor und setzte mich damit an meinen Schreibtisch. Es waren fünf Umschläge, die neun Akten über neun Patienten enthielten, die hier zwischen 1956 und 1989 behandelt worden waren. Alle Akten waren als vertraulich abgestempelt und deuteten auf komplexe Krankengeschichten hin. Wie es aussah, hatte man den Patienten mehrfach Caesium und verschiedene andere Stoffe gespritzt. Die Nebenwirkungen waren genauestens überwacht und in den Akten dokumentiert worden — bei einigen der Versuchspersonen über mehrere Jahre hinweg.

Es ärgerte mich, dass ich nicht ganz verstehen konnte, was ich da vor mir hatte. Dazu fehlte mir das medizinische Fachwissen. *Würde mir ein Arzt erzählen, dass es sich um ganz normale Krankenakten handelte, an denen überhaupt nichts sonderbar war?*

Aber warum hatte dann jemand alle Dokumente aus dem Keller entfernt? Und auch meine Tasche mitgenommen?

Ich suchte im Internet nach Informationen über medizinische Versuche, die die Nazis im Krieg an Menschen durchgeführt hatten, und nach militärmedizinischen Versuchen im Kalten Krieg.

Es war geradezu paradox: Ärzte und Forscher, die in Gefangenenlagern medizinische Versuche durchgeführt hatten, waren in der Nachkriegszeit gesuchte Fachleute, da viele ihrer Versuche, wenn auch unethisch, aus Forschungssicht erkenntnisreich waren. An KZ-Gefangenen konnte ohne Rücksicht auf Verluste experimentiert werden. So konnten neue Medikamente und Behandlungsmethoden viel schneller entwickelt werden. Außerdem führten Versuche an Menschen zu relevanteren Resultaten als Tierversuche. Daher war in den Jahren nach dem Krieg die militärmedizinische und epidemiologische Forschung der Nazis gefragt, und viele Ärzte und Forscher kamen in der Medizinindustrie der Alliierten unter, wo sie ihre berufliche Laufbahn fortsetzten.

Mir kam Punkys Freund in den Sinn, der in den 1980er-Jahren in der leerstehenden Nudelfabrik als

Besetzer gewohnt hatte. Vielleicht könnte er etwas über die Arztpraxen erzählen, die damals hier untergebracht waren.

Ich bat Punky, den Kontakt zu diesem Freund herzustellen.

Ich traf Punkys Freund Andreas im Garten der Nudelfabrik. Er begrüßte mich mit einem schlaffen Händedruck und wir setzten uns in die neuen Holzstühle, die gerade aufgestellt worden waren. Das Aprilwetter war freundlicher geworden, die Sonne schien mit neuer Kraft. Zwei Kätzchen tollten auf dem Rasen und jagten Vögel durch den Garten. Ich hatte Andreas angeboten, uns woanders zu treffen. Aber er wollte gerne die Nudelfabrik und die alten Gebäude sehen, die im Auftrag der Künstlerresidenz renoviert worden waren. Punky hatte ihm alles gezeigt, und Andreas freute sich, dass sich endlich etwas tat in seinem „alten Viertel", wie er es nannte.

Andreas war 53, klein gewachsen, mager — um nicht zu sagen dürr — und kahlköpfig. Er hatte so gut wie keine Augenbrauen oder Wimpern. Seine Haut wirkte teigig. Er saß zu dem Gebäude gewandt, in dem er früher gewohnt hatte. Auf einmal verstummte sein heiterer Smalltalk und er blickte hoch zu den Fenstern.

„Ja, dort habe ich ein paar besondere Jahre meiner Jugend verbracht. Darüber willst du gerne etwas hören, nicht wahr? Punky meinte, du schreibst Bücher?"

„Ja", log ich.

„Wir waren einfach ein Haufen junger Leute mit mehr oder weniger dem gleichen Hintergrund — vollkommen mittellos und ganz auf uns alleine gestellt. Pflegekinder und andere Tunichtgute, die erwachsen geworden waren und um die sich keiner scherte. In den 80ern gab es keine Jobs, keine Wohnungen, keine Zukunft, keine Hoffnung — deswegen lebten wir jeden Tag einfach so, als ob es der letzte wäre. Wir tranken, rauchten, nahmen Drogen, auch wenn der Rat versuchte, unser Haus drogenfrei zu halten."

„Der Rat?", unterbrach ich.

„Ja, das war so eine Art Führungsgruppe, die keiner gewählt hatte. Die hatten sich einfach selbst zu den Bestimmern ausgerufen. Sie machten viele gute Sachen, schafften Essen bei und verteilten es, brachten etwas Ordnung rein, damit man es dort aushalten konnte. Aber es war nicht so, dass wir auf sie gehört hätten. Nur, wenn es uns passte. Wir waren es so gewohnt, dass man uns anschrie und anbrüllte, dass wir herumkommandiert und tyrannisiert wurden — von Pflegeeltern, Einrichtungen, dem ganzen System —, dass uns nichts mehr etwas anhaben konnte." Er seufzte und lehnte den Kopf zur Seite, als ob ihm sein jüngeres Ich nun leid tat.

„Woher hattet ihr die Drogen?", fragte ich. Straßenkriminalität konnte ich mir in der DDR, von der ich in meiner Kindheit und Jugend gehört hatte, nur schwer vorstellen.

„Tja", seufzte Andreas, „einige bekamen wir aus kriminellen Kreisen. Andere bekamen wir von dort drüben." Andreas nickte hinüber zum Klinikum.

„Von den Arztpraxen? Wie kann das sein?", fragte ich vollkommen verdutzt.

„Du konntest alle möglichen Pillen und Dope bekommen, wenn du bereit warst, den Ärzten zu helfen. Und die hatten gute Sachen. Da waren sich alle Pottköpfe und Junkies einig." Andreas sah mich mit einem schiefen Lächeln an, das seine verfaulten Zähne entblößte.

„Den Ärzten helfen? Was meinst du damit?" Ich lehnte mich nach vorn — und das war ein Fehler. Andreas wich direkt zurück.

„Ja, also, eigentlich war das nichts Besonderes. Und wir mussten auch eine Verschwiegenheitserklärung unterschreiben. Ich weiß nicht, ob ich das überhaupt erzählen darf." Er sah sich vorsichtig um, als ob jeden Moment ein Stasi-Agent um die Ecke kommen könnte. *Dachte er vielleicht, dass ich ihn für die Infos bezahle, wie in einem schlechten Krimi?* Ich ging absichtlich nicht auf seine Bemerkung ein. „Ja, also, das ist natürlich lange her. Und die Praxen gibt es ja nicht mehr. Die Ärzte haben bestimmt auch schon das Zeitliche gesegnet — also was soll's …" Ich lächelte ihm aufmunternd zu. „Wenn man an Versuchen teilgenommen hat, da drüben", er nickte hinüber zur Klinik, „dann konnte man entweder Pillen oder Drogen oder Kohle bekommen. Drogen waren die beliebteste Bezahlung, ich selbst nahm aber nur Kohle. Ich war nicht so richtig auf Drogen." Er sah mich stolz an, und ich rang mir ein anerkennendes Lächeln ab.

„Was für Versuche waren das?", fragte ich vorsichtig und hoffte, dass er nicht wieder mauern würde.

„Das weiß ich nicht so recht. Sie sagten, es wäre etwas, was viele Menschenleben retten könnte. Und als armseliges Pflegekind vom äußersten

Rand der Gesellschaft fühlte man sich einfach gut, wenn man zu etwas zu gebrauchen war, verstehst du?" Ich nickte. „Und sie bezahlten wirklich gut. Das Geld für einen Versuch reichte mir monatelang."

„Wie lief so ein Versuch ab?", präzisierte ich meine Frage.

„Man bekam einfach eine Spritze. Oder es wurde etwas auf die Haut geschmiert. Dann musste man nach ein paar Tagen wiederkommen und wurde untersucht. Sie nahmen ein paar Blutproben und was weiß ich." Andreas zeigte mir an der Innenseite seines Unterarms eine Narbe, die nach einer Brandverletzung aussah. „Die Wunde hat wie verrückt geschwitzt, das kann ich dir sagen. Es ging mir noch lange danach schlecht. Monatelang hatte ich mit Übelkeit und Schwindel zu kämpfen. Seitdem hatte ich nie mehr richtig Appetit. Die Haare gingen mir auch aus. Danach wollte ich nicht mehr mitmachen. Man kann auch anders Geld verdienen. Aber viele haben mit den Versuchen weitergemacht, besonders die Drogenabhängigen. So kamen sie ganz leicht an ihren Stoff. Das war damals ein hartes Leben für viele. Wir waren ganz auf uns allein gestellt. Offiziell gab es uns gar nicht. In der fantastischen DDR gab es ja keine Drogenabhängigen, Kriminellen oder Obdachlosen", sagte Andreas und verzog das Gesicht.

„Bist du noch in Kontakt mit jemandem von damals?"

„Nein ...", sagte Andreas und dachte nach — so lange, dass ich schon meinte, er hätte meine Frage wieder vergessen. „Nein", wiederholte er schließlich. „Viele verschwanden schon damals. Den einen Tag waren sie noch da, am nächsten waren sie weg. Dann kamen wieder neue. Manche wurden verrückt, liefen Amok, sodass der Rat die Polizei rufen musste. Die rückte dann an und holte sie ab. Ein paar habe ich hier und da mal in der Stadt gesehen, aber viele waren krank, viele sind gestorben. Ich habe immer gedacht, dass es an dem harten Leben lag, an den Drogen und so weiter." Er saß eine Zeitlang zusammengesunken im Stuhl und fragte dann: „Meinst du, es lag an den Versuchen von dort drüben?" Er sah hinüber zum Klinikum und riss plötzlich die Augen auf. Ich folgte seinem Blick.

Oben auf der Treppe zum Klinikum saß Milo, genoss die Frühjahrssonne und rauchte eine seiner selbst gerollten Zigaretten. Er machte sich Schatten mit einer Hand und sah hinüber zu uns. Plötzlich fuhr ein stechender Schmerz durch meine Bisswunde am Knöchel. Ich tastete die Stelle mit der Hand ab, sie fühlte sich warm und geschwollen an. Ich spürte, wie das Blut darin pulsierte.

Andreas war ganz blass geworden und stand auf. Er sah zwischen Milo und mir hin und her. Dann kam er näher zu mir und — als ob uns jemand hören könnte — flüsterte er:

„Pass auf dich auf. Die Leute haben schon immer erzählt, dass dieser Ort verflucht ist. Etwas von einer slawischen Siedlung, die von sächsischen Stämmen niedergeschlachtet wurde. Ein furchtbares Blutbad. Es ist ein Ort des Bösen." Er schauderte. „Das wollte ich dir noch sagen."

DER STURM

Eines Vormittags nahm ich den Bus nach Buchenwald. In diesem Konzentrationslager, einem der größten des Dritten Reiches, starben unfassbar viele Menschen — ihrer Freiheit, ihrer Rechte, ihrer Würde und ihrer Menschlichkeit beraubt. Ich ging den Gedenkweg entlang, von der Blutstraße bis hin zum Bahnhof Buchenwald, wo einst ein Zug nach dem anderen mit Gefangenen ankam. Ich schritt durch das Lagertor auf den Appellplatz. Hier mussten die Gefangenen jeden Tag stundenlang ausharren, bis alle aufgerufen und gezählt worden waren. Ich versuchte, mir das Lager von damals vorzustellen, als entkräftete Gefangene hier ihre letzten Schritten gingen, ehe sie in den Krematorien endeten. Die Öfen in ihrer industriellen Mächtigkeit und Effektivität machten einen unauslöschlichen Eindruck auf mich. *Wenn das nicht das Böse war, was war es dann?*

Ich besuchte die Ausstellungen der Gedenkstätte. Fotos vom Lagerleben in seiner alltäglichen Grausamkeit. Schwarz-weiß Aufnahmen von Gefangenen und Wächtern in verschiedensten Situationen, die eines gemein hatten: Alle stellten Macht und Ohnmacht, Leben und Tod, Freude und Schmerz, Ordnung und Chaos dar. Und dort, inmitten aller Aufnahmen, sah ich ein Foto, das ich wiedererkannte. Es war ein Bild des Lagerarztes — Milos Doppelgänger — zusammen mit dem Lagerkommandanten und Ilse Koch.

Als ich am Abend in der Nudelfabrik ankam, wollte ich meine Beobachtungen mit Lelia, Carlos, Inga und Dawn teilen. Aber sobald ich Buchenwald erwähnt hatte, bemerkte ich diesen Ausdruck in Ingas Gesicht, den Deutsche immer bekommen, wenn man die NS-Vergangenheit und KZ-Lager erwähnt. Eine Mischung aus Scham und Verärgerung.

Dawn schien irritiert darüber, dass jemand freiwillig einen Ort aufsuchte, der für so viel Unglück und Elend stand.

„Why not look for the brighter sides of life?", fragte sie mit ihrem amerikanischen Enthusiasmus.

„In Leipzig gibt es so viele schöne Ort, die du besuchen kannst." Sie ratterte eine Reihe Kunsthallen und Museen herunter und zählte dann noch ein paar Kneipen auf, wo man sich bei einem Glas Rotwein die vorbeiziehenden Menschen ansehen kann. Sie und Inga fingen an zu kichern. Ich versuchte mir vorzustellen, wie Dawn die vorbeiziehende Menschenmenge studierte. *Ob sie da überhaupt irgendetwas sah?*

Verärgert sagte ich: „Ich hab' hier etwas, das ihr sehen müsst." Ich holte mein Smartphone hervor und suchte das Bild vom Lager. „Was meint ihr, wem ähnelt er?"

„Das ist ja Milo", trällerte Lelia. „Aber was hat er da für einen komischen Bart? Zum Glück hat er den abrasiert", sagte sie mit ihrem typischen Lachen, während sie das Smartphone an Carlos weitergab.

„Ja, witziger Zufall. Aber das kann er ja nicht sein, Lelia. Hier oben in der Ecke steht, dass das Bild von 1944 ist."

„Nun ja", lachte Lelia, „aber die Ähnlichkeit ist verblüffend." Dawn und Inga sahen sich das Bild an und stimmten zu:

„Das musst du ihm heute Abend zeigen. Findet er bestimmt witzig", sagte Dawn.

„Witzig? Einem Lagerarzt aus Buchenwald zu ähneln? Einem, der verrückte Versuche an lebenden Menschen durchgeführt hat?", sagte ich mit unbeherrschter Stimme. Dawn gab mir das Smartphone mit einem verärgerten Gesichtsausdruck zurück. Inga sah mich an und runzelte die Stirn.

„Ich habe Dokumente im Keller unter dem Klinikum gefunden. Dokumente, die nahelegen, dass die Versuche aus dem Lager hier fortgesetzt wurden. Hier im Klinikum," sagte ich mit Nachdruck.

„Und wo sind diese Dokumente jetzt?", fragte Inga scharf.

„Verschwunden. Nachdem ich …"

„Nachdem du eine Nacht im Keller verbracht hast, weil du den Ausgang nicht finden konntest und panisch wurdest, sodass Punky kommen und dich retten musste, weil du vollkommen hysterisch warst?" Inga sah mich mit einem Blick an, der gleichzeitig Wut und Überdruss ausdrückte. Mir war klar, dass ich den Geduldsfaden der Gruppe schon überstrapaziert hatte, aber ich konnte mich nicht beherrschen:

„Und Punkys Freund Andreas meinte, dass einige Hausbesetzer medizinischen Versuchen ausgesetzt waren. Heimlichen Versuchen. Dort drüben im Klinikum. Sie bekamen dafür Geld oder Drogen. Einige wurden danach krank, andere verschwanden einfach. Andreas hat alle Haare verloren." Ich hörte selbst, wie konfus das klang und legte deshalb nach: „Ich bin sicher, dass Milo etwas damit zu tun hat. Irgendetwas ist faul bei ihm. Merkt ihr denn nicht, dass hier etwas Böses sein Unwesen treibt?" Vor lauter Aufregung war meine Stimme ganz schrill geworden.

„Jetzt ist es aber genug", fiel Inga ein, und Dawn nickte zustimmend. „Das ist ja alles vollkommen verrückt, und jetzt fängst du auch noch an, andere zu beschuldigen. Und aus welchem Grund? Milo kann doch nichts dafür, dass er dem Kerl auf dem Foto ähnelt! Ich denke, wir sollten Schluss machen für heute. Ich will jetzt jedenfalls ins Bett und ich meine, dir würde eine gute Portion Schlaf auch gut tun. Du siehst ja überall Gespenster und stiftest Unruhe!" Mit diesen Worten stolzierte sie aus dem Raum, dicht gefolgt von Dawn.

Lelia und Carlos erhoben sich ebenfalls. Schweigend sammelten sie Kaffeetassen und Weingläser ein und trugen sie zum Geschirrspüler. Die Kaffeetassen klapperten leicht in Lelias Händen. Bevor sie aus dem Gemeinschaftsraum ging, drehte sie sich um und sah mich mit einem Blick an, der mich schaudern ließ: Aus ihren weit aufgerissenen hellblauen Augen sprach abgrundtiefe Angst.

Inga hatte wahrscheinlich recht damit, dass mir eine gute Portion Schlaf nicht schaden würde. In dieser Nacht bekam ich aber kein Auge zu. Ich lag im Bett und hörte, wie draußen ein Sturm aufzog. Der Regen prasselte gegen die Fensterscheiben, der Wind rüttelte an den alten Rahmen und ließ die Außentür klappern. Ich stand mehrfach auf und sah nach, ob meine Tür auch richtig verschlossen war. Mein Gefühl sagte mir, dass ich eine Grenze überschritten hatte — und dass ich Gefahr lief, von der Dunkelheit verschlungen zu werden. Aber ob die Dunkelheit von innen oder außen kommen würde, konnte ich nicht sagen.

Ich musste an die Flüchtlinge denken, denen Milo half. Man bekam sie nie richtig zu Gesicht. Nur hier und da tauchte ein Schatten von ihnen auf. Türen, die geöffnet und wieder geschlossen wurden, wenn man auf den Gang trat. Umrisse von Personen in Milos Auto, das spät abends ankam oder wegfuhr.

Wie die jungen Hausbesetzer in den 1980er-Jahren waren es Menschen, die niemand unmittelbar vermissen würde, wenn ihnen etwas zustoßen sollte. Wenn sie verschwanden, gab es dafür viele plausible Erklärungen — ihre Spur hatte sich auf der illegalen Reise verloren, sie waren vor den Behörden untergetaucht oder hatten sich an einem anderen Ort eine neue Identität zugelegt. Die Behörden spürten keinen Menschen nach, von deren Existenz sie nichts wussten. Wenn Milo Menschen beschaffte, die keiner vermisste, für wen beschaffte er sie? Dass heutzutage in Deutschland Menschen militärmedizinischen Versuchen ausgesetzt wurden, war ja einfach unvorstellbar. Menschenhandel zu Versuchszwecken war unvorstellbar in einem europäischen Land. *Oder?*

Während ich mich schlaflos im Bett herumwälzte und draußen der Sturm Ziegelsteine vom Dach der Nudelfabrik riss, wurde mir plötzlich klar, dass die Antwort auf meine Fragen nicht in menschlichen Motiven lag. Etwas Böses war in dieser Gegend zu Hause und zwar schon immer. Wie waren sonst Buchenwald und die zwei Außenlager vor Zeitz zu erklären? Oder die Versuche an Menschen, mit denen bis zur Wiedervereinigung weitergemacht wurde? Etwas Böses hatte sich hier festgesetzt. Es hielt diese Gegend im Würgegriff, vielleicht schon seit Jahrhunderten. Deshalb war die Zeit hier zum Stillstand gekommen, deshalb waren die Leute weit weggezogen und nicht mehr zurückgekehrt. Deshalb begegneten die Zeitzer Fremden mit Missmut und Verärgerung. Diese Gegend wurde für all die schrecklichen Dinge bestraft, die die Menschen hier geschehen ließen, weil sie wegschauten und weitergingen. Das Böse konnte nur existieren, weil die Menschen den Blick abwandten. Ich spürte das Böse ganz deutlich. Ich musste an den angsterfüllten Blick in Lelias Augen denken und wusste, dass auch sie dieses Böse gespürt hatte — und dass sie jetzt in großer Gefahr war.

Plötzlich zersplitterte eine meiner Fensterscheiben mit einem lauten Knall. Das andere Fenster schlug krachend auf. Als ich hinlief, um es zu schließen, schnitt ich mich an den Glasscherben auf dem Boden. Regen strömte herein, und die Gardinen wehten ins Zimmer, als wollten sie mich packen und nach draußen ziehen. Ich ging auf Zehenspitzen zum Bett zurück und zog ein paar Scherben aus meinen blutigen Füßen. In dem Moment hörte ich, wie etwas Großes durch das kaputte Fenster flog. Ich bekam Gänsehaut am ganzen Körper und mein Herz raste so schnell, dass ich dachte, ich müsste sterben. Ich traute mich nicht, nach oben zu schauen, sondern zog die Bettdecke über meinen Kopf und fing an zu schreien. Ich spürte etwas auf meinem Bett, auf meinen Beinen, ich trat danach und brüllte meine Angst heraus. Auf einmal ertönte etwas Lautes, wie ein Vogelschrei, gefolgt von einem tiefen, wütenden Fauchen. Etwas sprang von meinem Bett herab und landete im Fensterrahmen.

Plötzlich war es still. Ganz still. Kein Sturm, kein Regen, kein Wesen auf meiner Bettdecke. Dann hörte ich, wie jemand meine Tür schloss. Ich hob die Bettdecke etwas an und schaute ins Zimmer. Es war niemand da. Ich stand auf und öffnete die Tür einen Spalt. Auch draußen war keiner. Jetzt ging ich durch den Flur bis zur Außentür. Durch die Glasscheibe sah ich, wie eine weiß gekleidete dunkelhaarige Frau den Hof überquerte. Ich ging langsam zu meinem Zimmer zurück. Auf dem Boden waren noch meine blutigen Fußspuren zu sehen. Die Gardine vor dem eingedrückten Fenster hing nun schlaff herab und bedeckte das Loch in der Scheibe. Ich überlegte, ob ich Punky anrufen sollte.

Aber er hatte ja ausdrücklich gesagt, dass er nachts nicht herkommen würde. Ich legte mich also wieder ins Bett und schlief direkt ein.

Am nächsten Morgen traf ich Punky beim Frühstück und erzählte ihm von der kaputten Fensterscheibe.

„Kein Problem, kann ich reparieren", sagte er. „Wie ist das denn passiert?"

„Das war der Sturm gestern Nacht. Ich glaube, der starke Wind hat die Äste in mein Fenster gedrückt. Oder es war ein Dachziegel. Die sind ja reihenweise im Hinterhof runtergeknallt."

„Ein Sturm?", schaltete sich Inga ins Gespräch ein.

„Ja, der Sturm von gestern Nacht".

„Es hat doch hier in der Gegend nicht gestürmt, oder?", fragte Punky und sah die anderen an, die alle den Kopf schüttelten.

„Ich jedenfalls habe nichts gehört", sagte Carlos.

„Dann geht doch raus und schaut euch die Ziegel im Hof an! Und mein Zimmer!" Ich spürte, wie die Aufregung in mir anstieg und steckte die Hände in meinen Pullover.

„Ja, natürlich. Ist ja gut. Punky repariert das wieder, stimmt's Punky?" Inga, Punky und Dawn tauschten Blicke aus. Carlos sah auf den Boden und Lelia zu mir. Aus ihren feuchten Augen sprach Angst. *Armes Mädchen, wenn ich nur helfen könnte.*

„Alles ok bei dir?", fragte ich sie. Sie nickte und schaute auf ihr Essen, das sie noch nicht angerührt hatte.

„Natürlich ist sie ok", sagte Dawn, „sie ist nur etwas nervös wegen heute Abend. Sie präsentiert auf unserer gemeinsamen Ausstellung eine neue Klangskulptur. Es kommen richtig viele Gäste, auch aus Leipzig und Berlin. Stimmt's, mein Mädchen?" Dawn legte ihren Arm um Lelias Schulter und drückte sie an sich. Lelias Lippen umspielte jetzt ein Lächeln — ein winziges Lächeln, das aber trotzdem die Stimmung am ganzen Tisch aufhellte.

„Gib mir eine Stunde, dann habe ich das in deinem Zimmer repariert", rief mir Punky zu und eilte in seinem typischen Trippelgang, der die weißen Dreadlocks unter seiner Mütze zum Tanzen brachte, aus dem Zimmer.

Ich nahm Platz und versuchte, mich ins Gespräch über die abendliche Veranstaltung einzuklinken, merkte aber, dass ich die Stimmung verdorben hatte. Mir kam der Gedanke, dass die anderen nur sitzen geblieben waren, weil es zu offensichtlich gewesen wäre, wenn sie mich alleine gelassen hätten. Also stand ich auf und setzte mich mit meinem Kaffee hinaus in den sonnigen Garten. Mein Blick wanderte über das Gelände auf der Suche nach heruntergefallenen Dachziegeln. Ich konnte aber keine entdecken.

Am Abend zog ich meine schicken Klamotten an und machte mich — fest entschlossen, einen ganz normalen Abend zu verbringen — auf den Weg in das große Atelier, wo die Ausstellung und Lelias Klangskulptur präsentiert werden sollten. Ich war zeitig dran und genehmigte mir vor dem Essen ein paar Gläser Sekt. Nach und nach trafen auch die anderen Gäste ein, wir begrüßten einander und der Smalltalk lief bestens — genau wie bei mir der Schaumwein. Wir gingen durch das Atelier und betrachteten die zahlreichen Kunstwerke, die Carlos, Inga und Dawn in dem Monat, der nun fast vorüber war, geschaffen hatten. Die Beleuchtung war perfekt, die Werke traten geradezu magisch von den Wänden hervor. Von der Decke hingen 5 bis 6 Meter lange Papierkunstwerke von Carlos. Sie waren schwarz-weiß, bemalt mit Holzkohle, die er selbst gemacht hatte. Die Installation hatte eine düstere Seite, die mir an Carlos bis dahin nicht aufgefallen war. Mir stand meine Überraschung anscheinend deutlich ins Gesicht geschrieben, denn er kam zu mir herüber und fragte mich mit einem breiten Lächeln:

„Nicht das, was du erwartet hattest, oder?"

„Nein, das muss ich zugeben. Aber es gefällt mir." Ich lächelte ihm aufrichtig zu. Aber dann entdeckte ich Milo und Lelia, die sich zusammen die Kunstwerke ansahen. In mir stieg etwas Unkontrollierbares auf, als ob etwas aus meiner Brust herausbrechen wollte. Ich entschuldigte mich bei Carlos und holte mir noch ein Glas.

Ich leerte es im Gehen und begab mich auf leicht unsicheren Beinen hinaus zu den Toiletten. Ich riss die Klotür auf, setzte mich hin und pinkelte, während ich versuchte, meinen Puls unter Kontrolle zu bringen. Ich zog ab, wusch die Hände und ging wieder hinaus ins Foyer. Dort hörte ich Stimmen. Ich hielt mich im Hintergrund, konnte aber zwei Personen sehen, die stritten. Es waren Milo und Lelia.

Was sie sagten, konnte ich nicht hören. Aber Milos Stimme klang tief und wütend, Lelias zart und verletzlich. Milo packte sie am Arm, aber sie riss sich los und rannte die Treppe hoch. Milo blieb stehen. In dem Moment rutschte mir mein leeres Sektglas aus der Hand, und Milo sah direkt zu mir. Er schüttelte den Kopf und warf mir einen feurigen Blick zu. Dann drehte er sich um und rannte Lelia hinterher.

Ich blieb einen Augenblick stehen und wusste nicht so recht, was ich tun sollte. Dann ging ich wieder hinein und nahm mir noch ein Glas Sekt. Mir war aber nicht mehr nach Smalltalk. Ich leerte mein Glas in einem Zug und ging zurück ins Foyer, Richtung Treppe. Zögerlich machte ich mich auf den Weg nach oben, aber dann ergriff mich Panik, und ich fing an zu rennen. Etwas Schreckliches geschah gerade, das konnte ich so deutlich spüren, wie meinen eigenen Herzschlag. Als ich ganz oben ankam, konnte ich ihre Stimmen deutlich hören. *Wie oft hatten sie sich hier oben getroffen?*

Ich trat aufs Dach und sah Lelia, die ganz am Rand stand. Milo hielt sich etwas weiter innen. Es sah aus, als wollte Lelia springen. Ich machte eine schnelle Bewegung nach vorn und wäre beinahe über meine eigenen Füße gestolpert. Es drehte sich vor meinen Augen. „Er ist das nicht wert, Lelia!", rief ich. „Du weißt nicht, wer er ist. Er ist das personifizierte Böse. Er ist unsterblich, er hat massenweise Menschen ermordet, er besorgt Leute für medizinische Versuche, er war KZ-Arzt, er ist ein Teufel, Lelia! Du darfst nicht machen, was er sagt. Er ist Veles, er ist ein Drache und eine Schlange, er will dich umbringen. Du musst mir zuhören, Lelia, sieh mich an, Lelia!"

Lelia sah mich an. Ihre Augen waren dunkelblau und voller Entsetzen. Dann wurde ihr Blick leer und schwarz. Sie machte einen Schritt zurück und stürzte. Sie konnte sich gerade noch am äußersten Ende des Absatzes festhalten und baumelte jetzt über dem Hof. Ihr schriller Schrei ging durch Mark und Bein. Ich war wie gelähmt. Ich schaute zu Milo hinüber, aber es war kein Milo zu sehen. Nur ich war da und das Mädchen, das vom Dach hing. Sie schrie jetzt nicht mehr, sondern flehte um Hilfe. Ich blickte nach unten und sah eine Schlange, die sich um meine Beine und Arme geschlungen hatte. Ich wollte meine Hand ausstrecken, konnte es aber nicht. Die Schlange hielt mich so fest in ihrem Griff, dass ich meinte, meine Augäpfel müssten aus ihren

Höhlen springen. Das Mädchen sah mich mit hellblauen, glasigen Augen voller Tränen an. Dann lies sie los und stürzte in die Tiefe.

Ich lief die Treppe hinunter, um Milo zu suchen, um nach Hilfe zu rufen, um zu sagen, dass Lelia vom Dach gestürzt war. Aus dem Ausstellungsraum drang Gelächter, Smalltalk und vom Alkohol beflügeltes Lob für die Künstler. Das Publikum wartete auf Lelia und ihre Klangskulptur. Ich wartete auch. *Wo blieb sie nur? Es war doch ihr Abend. Man sagte, sie sei fantastisch. Ja, das konnte ich bestätigen. Ich hatte ihre Performance nur einmal gesehen, aber sie war wirklich fabelhaft. Und Sie sind den weiten Weg von Berlin gekommen. Nein, wie spannend. Von welcher Galerie? Wirklich? Darf's noch ein Sekt sein? Gerne. Wie das Licht auf Dawns Bilder fällt! Makellose Arbeiten. Ihre Farbpalette ist so hell, die Lebensfreude kommt bei jedem Pinselstrich durch. Großartig. Ja, und der junge Carlos mit den dunklen Figuren. Auf einmal traut er sich viel mehr. Ihn muss etwas in Zeitz inspiriert haben, haha. Ja, da sagen Sie was. Noch ein Glas?*

Ich schlief so gut wie schon lange nicht mehr, bis mich der Sirenenlärm von der Straße in einen halbwachen Zustand versetzte. Die Sirenen kamen zur

Nudelfabrik. Das Blaulicht schien durch meine Gardinen. Eine halbe Stunde lang schwirrte es über die Hausfassaden. Dann fuhr der Rettungswagen ab, ohne Blaulicht und ohne Sirenengeheul.

ABSCHIED

Am nächsten Tag kam Mathias zurück und verabschiedete sich von denen, die abreisebereit waren. Im Laufe der nächsten Tage würden alle aus unserer Gruppe die Heimreise antreten. Neue Gruppen würden ankommen und wieder abreisen, als wäre nichts geschehen. Wir verabschiedeten uns voneinander wie enge Verwandte, die einander niemals mehr sehen würden. Ich würde auf jeden Fall keinen von ihnen wiedersehen — nicht, wenn ich es vermeiden konnte.

Über Lelia und das, was in der Nacht geschehen war, wurde nicht viel gesprochen. Die Polizei hatte Milo kurz verhört. Sie gingen anscheinend davon aus, dass Lelia Selbstmord begangen hatte, nachdem sie von Milos Frau und Tochter in Kiew erfahren hatte.

Mein Zug fuhr um 10.00 Uhr und ich kam überpünktlich am Bahnsteig an. Ich konnte es nicht erwarten, Zeitz hinter mir zu lassen. Als der Zug losfuhr, blickte ich zum Fenster hinaus, um ein letztes Mal die Stadt zu sehen. Aber was ich sah, war nicht Zeitz, sondern ein elfenbeinweißes Gesicht, umrahmt von ebenholzschwarzem Haar. Ich sah in die leuchtend grünen Augen einer Frau. Ihr Blick hielt mich fest, während sie sich langsam vorbeugte und die Glasscheibe direkt vor meinem Mund küsste. Ich spürte einen Ruck in mir. Oder vielleicht war es auch nur der Zug, der Fahrt aufnahm. Dann war sie weg. Keiner der anderen Passagiere schien sie bemerkt zu haben. Aber auf der Fensterscheibe war deutlich ihr Lippenabdruck zu erkennen. Ich lehnte mich vor und erwiderte den Kuss.

DANK

Mein Dank gilt der Künstlerresidenz „Nudelfabrik" in Zeitz, wo ich im April 2022 eine wunderbare Zeit verbringen durfte. Das düstere Bild, das die Hauptfigur meiner Erzählung von Zeitz und der Nudelfabrik zeichnet, ist einzig und allein der fiktiven Handlung in meiner Geschichte geschuldet.

Die Beschreibung von Zeitz als halbe Geisterstadt entspricht mehr oder weniger den Tatsachen, aber die Nudelfabrik ist ein schöner Ort — und die Bewohnerinnen und Bewohner, die teilweise Namenspaten für die Figuren meiner Erzählung waren, sind allesamt liebe Menschen, gute Gesprächspartner und inspirierende Künstler.

Weiterhin gilt mein Dank dem „Skoleinspektør Kai Andersens Fond", der einen Zuschuss zu den Reise- und Aufenthaltskosten leistete.

Vielen Dank an Übersetzer Frank Gabel für die tolle Arbeit bei der Übersetzung.

Und schließlich ein großes Dankeschön an meine Testleser, die wertvolles Feedback zur düsteren Stimmung in meiner Erzählung lieferten.

In der Reihe „**Moderne nordische Erzählungen**" sind bisher in dänischer und englischer Sprache erschienen:

Enkernes Ø, en Åland-fortælling, 2022
Vildmark, en Saxnäs-fortælling, 2022 / Wilderness, A Saxnäs tale, 2022
Sortebogspræstens Datter, en Lofoten-fortælling, 2022 / The Daughter of the Black Book Priest, A Lofoten tale, 2022
Den Hvide By, en Stavanger-fortælling, 2021 / The White City, A Stavanger Story, 2021
Laksekongen, en fortælling fra Eysturoy, 2021 / The Salmon King, A modern folk tale, 2021

Belletristik:
Palle Piksvinger, Roman, 2021
Genforeningen, eine lange Kurzgeschichte, 2020
Tavshedens Børn, Roman, 2019
Trolden i Bjerget, Abenteuer/Kinderbuch, 2019
Moderne Folkefortællinger, 2019
SMÅTING bind 1-3, Gedichtsammlung, 2019
Rim i verdensmål, lyrisch, 2018

Sachbücher:

Sognet fortæller ... Indsamling af livsfortællinger i dit sogn, 2020

Skriv jeres forenings historie, 2020

Tingene fortæller ..., 2019

Skriv dit arbejdsliv! 2019

Skriv din livsfortælling — hvorfor og hvordan, 2018

Voksenundervisning — en håndsrækning af praksiserfaringer, 2017

Unna Hvid hat Geschichte und Nordistik studiert. Als Autorin bewegt sie sich gerne im Spannungsfeld zwischen der tatsächlichen und der erzählten Vergangenheit, zwischen Geschichte und Geschichten. Ihr großes Interesse gilt der Frage, wie das Vergangene unser Heute prägt.

Bevor sie sich ganz dem Schreiben gewidmet hat, war Unna Hvid in verschiedenen Bereichen tätig: als Lehrerin für Geschichte und dänische Literatur sowie als leitende Beraterin beim dänischen Logistikunternehmen A.P. Møller-Mærsk.

Eine ihrer großen Leidenschaften ist das Reisen: Als Straßenmusikerin ist sie quer durch Europa gereist und als Mærsk-Mitarbeiterin war sie überall auf der Welt unterwegs. Sie hat in Dänemark, Island und England gelebt und hält sich nun als freischaffende Autorin und Künstlerin oft länger in verschiedenen Ländern auf, um zu schreiben und zu malen.

Weitere Informationen über Unna Hvid finden sich auf der Website und den Social-Media-Kanälen der Autorin:

www.unnahvid.dk

Facebook: https://www.facebook.com/UnnaHvid/

Instagram: https://www.instagram.com/unnahvid/

E-Mail-Kontakt: unnahvid@gmail.com

Frank Gabel hat in Deutschland und Spanien Translations-, Sprach- und Kulturwissenschaft studiert. Nach dem Studium war er zunächst als Deutschlehrer und freiberuflicher Übersetzer in Deutschland tätig. Vor einigen Jahren hat er sich in Luxemburg niedergelassen, wo er nun hauptberuflich als Übersetzer arbeitet. Seine Begeisterung für die skandinavischen Sprachen teilt er auf seinem Instagram-Profil @skandinavisch_lesen.

Unna Hvid Storytelling

Geschichten mit Geschichte